판탈롱 나팔바지 이야기

판탈롱 나팔바지 이야기

안도현 지음

몰개

1

 스무 살 무렵이었나. 아무한테도 휘둘리지 않고 고요하고 자유롭게 살다가 그렇게 사라지고 싶다는 생각을 했었다. 거창하다면 거창하고 허황하다면 허황한 꿈이었다. 누구한테도 털어놓은 적 없는, 그냥 나만 알고 있던 꿈. 당장 이뤄지지 않더라도 꿈꾸는 건 조금 모호해도 상관없다고 생각한다. 불확실한 미래를 버티게 해주는 건 결국 약간은 불확실한 꿈이니까.

 삶이 어떤 구체적인 설계 위에서 굴러가야 한다는 말도 맞다. 나도 그 정도는 안다. 옷 한 벌을 만들 때도 스케치부터 재단, 재봉까지 세세한 과정이 뒤따라야 한다. 모래 위에 집을 지을 수는 없다. 기본과 기초, 그게 진짜 중요하다는 것도 인정한다. 그럼에도 나는 내가 알고 있는 것보다 더 많은 것을 알고 싶다. 나는 내가 예측할 수 없는 일들이 훅, 하고 내 앞에 나타나는 게 좋다. 그런 게 더 짜릿하지 않나? 주변에서 좀 시큰둥하게 반응했지만, 의상학과를 선택한 이유도 그것이다. 남들이 눈으로 보게 될 것을 나는 내 눈으로 먼저 보고 싶었다.

2

패션 디자이너,
한 폭의 옷감을 자르고 붙여서
옷감이라는 납작한 평면을
입체로 만드는 사람.

그 속에 몸뚱이와 팔과 다리를 넣고

누워 있던 옷감을 일으켜 세워

앞으로 걸어가게 하는 사람.

3

최신 트렌드에 맞는 옷,
나도 물론 입고 싶다.
다만 나는 단순히 내 몸을 끼워 넣기 위해
옷을 선택하지는 않는다.
옷은 자루나 에코백이 아니다.
내가 자루에 담기는 쌀알이 아니고
에코백에 담는 핸드크림이 아닌 것처럼.

내가 선택해서 입는 모든 옷은
내 몸을 찾아온 옷이다.
멀리서 나를 방문한 손님 같은 옷.

나한테 와서 옷은
나 자신이 된다.

그때부터 나는 옷과 함께 외출하고 밥을 먹고 잠을 잔다.
옷과 함께 내가 누구인가를 묻는다.

4

 나는 의류 디자인 회사를 십 년 다니다 그만두고 넉 달 동안 백수로 지냈다. 서른다섯 살, 꽃 피는 봄에 대학원 생활을 시작했다. 대학원에서의 첫 번째 과제는 가족 구성원 중 할아버지나 할머니 한 사람에 대해 쓰라는 것이었다. 엉뚱했다. 의상학과 대학원에서 작문 연습을 하라는 건가, 하고 다들 입술이 뾰로통해졌다. 할아버지나 할머니가 입던 의복의 변천 과정을 반드시 넣어야 한다는 조건이 덧붙었다. 그분이 살아온 시간을 연보 형태로 먼저 작성하고 그 연보를 바탕으로 가능하면 세세한 사실을 취재해서 써야 했다. 한 달 후에 제출해야 하는 A4 다섯 장이라는 만만치 않은 분량 앞에서 나는 막막해졌다. 그 시시콜콜한 것을 왜 그렇게 길게 써서 내야 되지? 뒤늦게 공부를 다시 시작한 것은 흥분되는 일이었으나 과제는 버겁기만 했다.

5

나는 할머니가 없다.

할아버지는 내가 초등학교를 들어가기 전에 돌아가셨고 아버지는 평소에 자신을 낳아준 어머니에 대해 일절 입에 올리지 않았다. 내가 할머니에 대해 물으면 겨우 한 마디로 답했을 뿐이다. 옷을 잘 입는 기품 있는 분이셨어. 할머니는 우리 가족사에서 철저하게 배제된 분이었다. 나는 할머니에 대해 궁금해 하지 않았던 내 태도를 자연스러운 일로 여기며 자라왔다. 아버지와 배 다른 형제자매가 다섯이나 되었고 열세 명이나 되는 손아래 사촌들의 응석을 받아주는 일만 해도 적잖게 힘겨웠으니까.

내 할머니는 일찍이 우리 가족의 울타리를 떠난 분이었다. 나는 뒤늦게야 알았다. 오랫동안 할머니가 우리 가족에게서 분리되어 있었다는 것을.

6

아버지는 지갑에 끼워둔 무언가를 꺼냈다. 아기 손바닥만 했다. 그것은 할머니의 흑백 사진이었다. 젊은 할머니는 판탈롱 나팔바지를 입고 굽이 높은 구두를 신고 있었다. 꽉 죄는 허벅지를 따라 내려오면 무릎 아래로 바지 아랫단이 나팔 형태로 퍼지는 차림. 그 젊은 여성은 이마가 나처럼 넓었다. 나팔바지의 거침없는 선과 자유로운 펄럭거림 때문이었을까. 한쪽 다리를 앞으로 내밀고 허리에 손을 얹고 있는 포즈는 자신만만하고 당당해 보였다. 그의 얼굴은 마냥 행복한 표정을 하고 있었다.

"아마 삼십 대 중반쯤일 거야."

아버지는 할머니에 대해 말해 달라고 조르는 나를 물리

치지 못하고 하나씩 기억을 재생해 냈다. 하도 오래된 옛날의 일이라 가끔 말을 더듬거리기도 했다. 나는 스마트폰의 녹음 기능을 켰다.

"다섯 살 때 헤어져 소식을 모르다가 스물한 살에 편지 한 통을 받았어. 내가 대학에 다니고 있다는 소식을 전해 듣고 기뻐서 편지를 보낸다고 했어. 몇 번 등록금을 대주시기도 했지. 잘나가는 패션 디자이너였거든."

패션 디자이너라는 말 때문에 귀가 솔깃해졌다. 잘 모르던 할머니가 보이기 시작한 것이다. 없던 할머니가 내 앞에 나타난 순간이었다. 의상을 전공한 나하고 할머니 사이에 어떤 가느다란 실이 연결되는 것 같기도 했다. 신기한 일이었다.

"돌아가시기 전에 얼굴이라도 보자고 해서 나갔더니 치매를 앓고 계셨어. 나를 전혀 알아보지 못하셨지. 그 이후로 다시 소식이 끊겼고, 재작년에 돌아가시고 나서 연락을 받았어. 이 사진 한 장을 나에게 전해 달라고 하고 세상을 뜨셨다는구나."

사진 속에서 판탈롱 나팔바지가 배시시 웃고 있었다.

7

 그 사람이 누구인지, 그 사람이 무슨 어마어마한 생각을 하고 있는지, 그 사람의 성격이 어떤지, 그 사람이 가장 자신 있게 할 수 있는 일이 무엇이지, 그 사람이 가장 부끄러워하는 일이 무엇인지, 그 사람이 가장 신뢰하는 게 무엇인지, 그 사람이 누구를 가장 사랑하는지, 그 사람이 죽도록 싫어하는 게 무엇인지 대개는 잘 모른다. 그 사람이 어디에서 와서 어디로 가고 있는지 우리는 잘 모른다. 하지만 그 사람을 아는 방법이 영 없는 건 아니다.

 그 사람이 입고 있는 옷.
 옷을 보면 안다.

그 사람이 입은 옷 한 벌.

그 사람의 몸을 감싸고 있는 옷 한 벌이
바로 그 사람이다.
그 사람이 혹시 모자를 쓰고 있다면
그 모자가 바로 그 사람이다.

그 사람의 신발이 그 사람이고
그 사람의 장갑이 그 사람이고
그 사람의 나뭇잎 한 장 같은 속옷이 그 사람이다.

8

열일곱 살, 여고 1학년 조방아는
재봉틀 앞에 앉아 있을 때가 좋았다.
일주일에 여섯 시간 〈재봉〉 과목 수업을 듣는 게 좋았다.
재봉 가위를 옷감에 갖다 대면
바다가 서걱서걱 갈라지는 소리가 나서 좋았다.

바다가 보이는 학교였다. 언덕 위에 자리 잡은 학교는 2월 말이면 동백꽃이 피었다. 반짝이는 동백나무 이파리 사이로 바다가 보였다. 붉은 꽃망울이 맺히면 바다는 저 혼자 뒤척였다.

재봉틀을 손으로 돌릴 때
바늘은 옷감에 가지런하게 길을 냈다.
바늘 자국, 단 한 번의 일탈도 없이 이어진
기찻길 같은 길.

  조방아는 자신이 박음질한 그 흔적을 손끝으로 매만지며 곧잘 그 길을 따라 걷는 상상을 했다. 옷을 잘 만든다는 선생의 칭찬 때문에 우쭐했던 건 아니었다. 누구나 입고 싶어 하는 자신만의 옷을 누구와도 다른 방식으로 만들고 싶었다.

옷에 발을 달면 옷이 걸어갈 수 있게,
옷에 입을 달면 옷이 소리칠 수 있게.

9

 1941년, 일본인 아이들이 다니는 마산고녀에 들어가려면 성과 이름을 일본식으로 바꾸어야 했다. 새로운 성씨를 만들고 이름을 바꾸지 않으면 입학이 허용되지 않았다. 함안 조씨 집안에서 창씨개명을 할 때는 성씨로 함안咸安의 일본식 표기 '미나야스みなやす'를 주로 사용했다. 모두 편안하다는 뜻. 여기에 방아의 이름을 따 '요시에芳江'를 붙였다. 그리하여 조방아趙芳雅는 입학하자마자 미나야스 요시에咸安芳江가 되었다.

 고녀를 졸업할 즈음 미나야스 요시에는 혼자서 원피스 한 벌을 완성할 수 있는 기술을 터득하게 되었다. 디자인도 바느질도 거의 완벽했다. 재봉을 가르치는 일본인 선생님이 요시에가 만든 원피스를 들고 말했다.

"미나야스 요시에 상은 여자의 몸을 잘 숨길 줄 알아요."

요시에는 고개를 숙이고 속으로 중얼거렸다.

'나는 숨기려고 옷을 만든 게 아닌데요.'

그 말을 입 밖으로 내뱉지는 않았다.

'옷은 몸의 말을 전하려고 입는 겁니다.'

역시 이런 말도 하지 않았다.

선생님의 칭찬이 이어졌다.

"여자의 몸은 앞가슴이 튀어나오고, 엉덩이가 발달해 굴곡이 두드러진 형태죠. 결혼을 해서 아이를 가지면 아랫

배가 보름달처럼 부풀어 튀어 오르죠. 우리가 만드는 의복은 몸매를 드러내지 않고 숨기는 역할을 합니다."

정말 선생님의 몸은 결혼을 한 이후 항아리처럼 뚱뚱하게 부풀어 있었다. 용케도 그 몸을 옷으로 교묘하게 가리고 있었다. 선생님이 그녀의 이름을 다정하게 불렀다.

"미나야스 요시에 상."

선생님은 요시에가 만든 원피스를 펼쳐 자신의 몸에 대보았다. 원피스에 가려 선생님의 뚱뚱한 몸이 감쪽같이 사라졌다. 옷으로 몸을 가린다는 선생님의 말이 다행히 들어맞는 순간이었다.

10

미나야스 요시에가 1945년 3월 마산고녀를 졸업할 무렵 세계정세는 빠르게 변화했다. 미국은 일본의 히로시마와 나가사키에 원자폭탄을 투하했고 일본은 항복을 선언했다.

해방이 되었다.
일본이 조선 땅에서 물러가자
조방아를 미나야스 요시에라고 부르는 사람은 없었다.
조방아는 조방아가 되었다.
단 하루 만에.

11

봄날이었다.

마산 앞바다는 은빛 비늘을 두른 물고기처럼 눈부셨다.

아침 해가 빛을 뿌리면 바다는 그 빛을 튕겨 올리며 꿈틀거렸다.

조방아는 스무 살이 되었다.

미국놈 믿지 말고
소련놈에 속지 마라.
일본놈 일어나고
되놈 되나온다.

한 무리의 아이들이 노래를 부르며 해변을 달려갔다.

그날 오후, 해변에서 산책을 마치고 돌아오자 한복을 차려입고 머리를 쪽진 낯선 여인이 대문을 빠져나가는 게 보였다. 어머니가 방아를 불러 앉혔다.
"너에게 혼사가 들어왔어. 저 밀양에서 중매쟁이가 다녀갔다. 장래에 네가 공부하고 싶으면 공부하게 해주고 일을 하고 싶으면 얼마든지 뒤를 봐줄 수 있는 집안이래."

한 달 후 밀양에서 신랑이 될 남자가 왔다. 스물여섯 살, 안오석이라 했다. 그는 아이보리색에 가까운 다리지 않은 흰 와이셔츠를 입고 헐렁한 바지로 서 있었다. 말수가 적은 남자였다. 쌍꺼풀진 눈을 이따금 끔벅거렸고 눈썹이 길고 짙었다.

조방아는 두려웠지만 설렜다.

1 2

뒤뜰로 난 창을 여는 일이 많아졌다.
뒤뜰에는 큰 동백나무가 한 그루 있었다.
동백나무는 꽃망울을 움켜쥐고 있다가
숨겨둔 비밀을 한순간 폭발적으로 공개하듯이 꽃을 피웠다.

밤에 잠이 들었는데
누군가 창을 두드리는 소리가 났다.
조방아는 화들짝 깨어 창문을 열었다.
아무도 없었다.
어둠 속에서도 동백나무 잎사귀는

은은하게 빛을 토해냈다.
그렇다면 동백나무가 창을 두드렸던 것일까?
나무가 어떻게 창가까지 걸어왔던 것일까?
설혹 나무가 걸어왔다고 하더라도
나무를 방으로 불러들일 수는 없었다.

13

나무와 꽃을 방에 들일 방법이 없는 건 아니었다.

조방아는 어머니에게 싱거Singer 재봉틀이 필요하다고 말했다. 어머니는 지체하지 않고 재봉틀을 구입했다. 그날부터 시댁에 혼수로 가져갈 옷을 밤낮으로 만들었다. 시부모가 입을 한복을 한 벌씩 만들었고 횃댓보, 이불보, 이불잇, 베갯잇도 만들었다. 횃댓보와 베갯잇에는 동백꽃을 수놓았다. 하얀 천에 붉은 동백꽃을 수놓으면 동백꽃은 천지에 내린 하얀 눈 같은 명주 천을 배경으로 더욱 붉어졌다.

붉어서 손을 대면 데일 것 같은,

뜨겁게 사랑하다가 죽어도 좋을 것 같은,
사랑하다가 까무룩 잠들어도 좋을 것 같은.

동백꽃은 낙화할 때 한 송이씩 통째로 떨어졌다.
마치 투신하듯이.

주저하지 않는 꽃,
이별 앞에 미련이 없는 꽃.

14

  꿈에서 조방아는 사내를 만났다. 꿈속에서 눈이 내리고 있었다. 폭설이었다. 폭설 속에 동백꽃이 피어 있었다. 동백꽃을 입에 넣고 삼킬 것처럼 눈이 퍼붓고 있었다. 사내의 붉은 귓불에 방아의 입술이 닿자 사내는 형체도 없이 녹아 사라졌다. 너무나 순식간에 일어난 일이라 깜짝 놀라서 잠에서 깼다. 손바닥이 축축하게 젖어 있었다. 사내의 형체를 쓸어 담으려고 했기 때문일까.

15

 어머니는 혼수를 장만하는 일은 미래를 준비하는 일이라고 말했다. 쉽게 동의할 수 없었다. 미래가 어떤 것인지 잘 가늠이 되지 않았기 때문이다. 가보지도 않고 미래를 예측하는 것은 점쟁이나 하는 짓이지. 조방아가 예측할 수 있는 일은 한 벌 옷의 미래뿐이었다.

 동백꽃이 필 때 시작한 일이 석 달을 넘기고 마무리가 되었다. 조방아는 옷을 만들면서 옷감 속에 숨어 살았다.

 옷감,
 얇아질 대로 얇아진 물결 같은 것,

보이지 않는 것을 보이게 하고
숨기고 싶은 것을 드러나게 할 수도 있는 천.

16

 결혼을 하자 밀양의 시댁 사람들은 조방아를 마산댁이라 불렀다. 조방아를 조방아라고 부르는 사람은 안오석밖에 없었다. 그는 직업이 없었다. 한때 가까운 중학교에서 임시교사로 있었으나 무슨 일로 학교에서 밀려난 신세였다. 그럼에도 항상 바빴다. 집에 머무는 시간보다 바깥에서 보내는 시간이 훨씬 많았다. 안오석은 밤에는 남쪽 바다처럼 뜨거웠으나 아침이면 북쪽 항구처럼 차가워졌다.
 "조선총독부와 미군정청이 다른 게 뭐가 있어. 총독부의 말단 직원들이 면장이 돼서 나타나고 순사질하던 일제 앞잡이들이 경찰의 우두머리가 되어 설치고 다니잖아. 그놈들이 하나같이 반공, 반공 외치면서 나라를 둘로 쪼개고 있어. 이러다가 저 38도선은 언제 걷어낼지, 참."
 그는 심장이 뜨겁고 머리는 차가운 남자였다.

 안오석은 아나키스트였다. 절대적인 권력을 부정하는 아나키즘의 신념을 간직한 사람이었다. 그가 술잔을 기울일 때마다 입에서 나오는 말은 언제나 같았다.
 "사랑과 연민의 마음을 가지고 사는 사람이 세상의 중심이지. 그런 마음을 가지고 사는 사람에게 꼬치꼬치 간섭하고 감시하는 정부와 권력 따위는 소용이 없어요."
 국가와 폭력을 부정하는 이념을 내세우고 활동하는 아나키즘 세력을 미군정청도 이승만 정부도 극도로 싫어했다. 정부에서는 마르크시스트나 아나키스트를 언제 무슨 일을 저지를지 모르는 위험한 사상으로 간주했다. 사실은 안오석도 알게 모르게 경찰의 감시를 받고 있는 인물 중 하나였다.

17

 안오석은 이 세계에 난무하는 폭력과 국가의 이름으로 자행되는 강압에 맞서는 게 무엇보다 시급하다고 말했다. 하지만 마산댁에 대한 간헐적인 손찌검이 폭력인지는 모르고 있었다. 습관은 때로 천둥을 만든다. 그는 커다란 것을 볼 줄 아는 이상주의자였지만 작고 사소한 것이 왜 소중한지는 알지 못했다.

 조방아는 그 누구와 무엇을 위한 헌신이라는 말을 들으면 눈앞이 캄캄해졌다. 누군가를 위해 헌신하고 있다고 말하는 사람이 주변에 너무 많았기 때문이다. 그건 허영에 들뜬 사람들이 자기를 과시하는 허세일 뿐이었다.

사랑이 헌신이라는 말,
그래서 조방아는 믿지 않았다.

18

하루는 조방아에게 안오석이 물었다.

"당신은 꿈이 무엇이오?"

대학을 가서 공부를 더 하고 싶다는 말 대신에 이렇게 말했다.

"누군가의 옷을 만들어주고 싶어요."

조방아의 눈망울이 빛났다.

"저는 몸에 맞게 옷감을 가위로 가르고 재봉하는 일을 하고 싶은 게 아니에요."

조방아의 무릎을 베고 있던 오석이 그녀의 턱을 올려다보았다. 그는 그녀의 속눈썹이 파르르 떨리는 것을 보지 못하고 있었다.

"우리 식구들에게 옷을 한 벌씩 만들어서 입히면 당신은 집안에서 제일 사랑받는 며느리가 되겠구려."

조방아의 생각은 달랐다.
옷은 옷감으로 몸을 가리는 일이 아니라고 생각했다.
옷을 만드는 일이 단순한 기술이 되어서는 안 된다고 생각했다.
옷감 속에 숨어 있는 사람의 몸을 꺼내는 일,
그게 진정 방아가 하고 싶은 일이었다.
옷으로 몸을 덮음으로써
더 아름다운 몸을 드러나게 하는 일.

19

 의상 디자인에서 '핏Fit'이라는 개념은 매우 중요하다. 핏, 단순히 옷이 몸에 맞는 정도를 넘어서 몸의 곡선과 변화를 어떻게 이해하고 반영하는가에 관한 문제다. 옷은 몸의 본능적인 신호를 읽고 그에 따라 형태를 조정해야 한다. 몸이 원하는 옷을 알아차려야 하는 것이다. 좋은 핏은 좁은 어깨를 우아하게 확장시키고 불룩한 배를 부드럽게 감춘다. 처음에 몸이 원하지 않았다고 하더라도 입고 나면 몸이 만족하는 옷. 그러니까 몸에 맞는 옷이란 존재하지 않는다. 몸에 맞추는 옷이 있을 뿐이다.

20

몸은 옷을 원하지만
옷에게 칭얼대지 않는다.
옷이 와서 몸을 감싸줄 때까지
몸은,
기다린다.

21

　남편이 서울에 있는 대학에 입학을 했다. 방아도 오석을 뒷바라지하기 위해 서울로 왔다. 시댁에서는 방이 여덟 개나 딸린 커다란 한옥을 구해주었다. 남편은 툭하면 친구들을 데리고 와 그 방에 재웠다. 밤새 불을 끄지 않고 토론에 열중하는 모습이 창호 문살에 실루엣으로 비쳤다. 그들은 새벽닭이 울 때쯤 잠에 들었다. 방이 많은 집에서 마산댁을 마산댁이라고 부르는 사람은 없었다. 조방아라는 이름이 다행히 그녀에게 돌아왔다.

22

전쟁이 터졌다.

서울을 점령한 인민군은 조방아의 살림집에도 들이닥쳤다. 여덟 개 중 일곱 개의 방은 임시인민위원회 사무실이 되었다. 부부는 문간방 한 칸으로 밀려났다. 안오석에게 왜 따지지 않느냐고 물었다. 안오석이 되물었다.
"많이 가졌으면 나눠 써야 하지 않소?"
인민군이 서울을 장악한 이후 그는 매일 아침 일찍 집을 나가 날이 이슥해져야 돌아왔다.

북쪽에서 내려온 여성지도원은 조방아가 임신 중이란

걸 알고 집안에서 할 수 있는 일을 맡겼다. 조방아는 필체가 좋았다. 여성지도원이 불러주는 대로 각종 구호를 종이 위에 붓으로 큼지막하게 적었다. '통일된 조선 인민 만세' '영용한 인민군대에 영예가 있으라' '조선인민공화국 만세' '김일성 장군 만세'…… 동네 게시판마다 그녀가 쓴 표어가 나붙었다.

인민군은 탱크를 앞세워 한강을 건넜고 파죽지세로 밀고 내려갔다. 1950년 8월 이승만은 부산에 임시수도를 정하고 미국에 구원을 요청하고 있었다.

23

 안오석은 대전에 설치된 인민군 임시 간부양성소에서 일주일 간 훈련을 받았다. 인민의용군에 입대한 것이다.
 그 무렵 전세가 역전되었다. 9월 15일에 맥아더 장군이 이끄는 연합군이 인천상륙작전을 성공시키고 서울로 진격했다.

 9월 27일 안오석은 인민군 지프차를 타고 다급하게 집으로 돌아왔다. 여름 볕에 그을린 얼굴은 검붉었고, 허리에 찬 권총은 빈 술병처럼 늘어져 있었다.
 "바로 떠나야 해서 작별 인사를 하러 왔소."
 그동안 어디서 무슨 일을 했는지 물어볼 틈도 없었다.

"장독 아래 묻어둔 것을 얼른 파내 오시오."

조방아는 남편이 가리키는 대로 장독 아래로 가서 자신도 알지 못하는 물건을 꺼냈다. 천으로 겹겹이 감싼 작은 금빛 메달이 그 안에 있었다.

"나중에 경찰이나 군인이 당신을 추궁하면 이 메달을 보여주면서 경찰 가족이라고 하시오."

남편은 다급하게 말했다.

"당신은 가능하면 빨리 밀양 고향집으로 내려가서 기다리시오."

조방아가 물었다.

"언제 돌아오나요?"

"머지않아 반드시 돌아올 것이오."

그 말을 끝으로 그는 재빨리 지프차에 올라탔다.

"잠깐만요."

조방아는 남편의 옷자락을 붙잡았다.

"제가 네꾸다이를 하나 만들었어요."

귀한 비단을 구해 만든 넥타이를 건네자 안오석이 말했다.

"네꾸다이는 왜놈들 발음이니 이제부터 넥타이라고 하시오."

영문과를 다니던 남편이었다. 그는 바지 주머니에 넥타이를 쑤셔 넣었고, 지프차는 흙먼지를 일으키며 출발했다. 그 뒤로 한참 동안 안오석에게서 아무 연락이 없었다.

24

안오석이 북으로 떠난 다음 날 국군이 서울을 수복했다.
며칠 후 동네 게시판에 인민군에 부역한 사람들 이름이 게시되었다. 조방아의 이름도 거기 적혀 있었다. 인민군에 협력해 공산당을 찬양하는 표어를 썼다는 게 죄였다. 빨갱이로 지목된 것이다. 언제 잡혀가 화를 당할지 모르는 상황이었다.
조방아는 부른 배를 끌어안고 영등포 큰언니네 집으로 급히 거처를 옮겼다. 뱃속에 든 아이의 발길질이 심해졌다.
큰언니네 집으로 피신하고 나흘째 되던 날이었다. 임신 7개월, 예상치 못한 산통이 밀려왔다. 산모를 구해 출산을 기다리던 방아는 고통을 참지 못하고 그만 정신을 잃고 말

앉다. 뱃속에서 나오자마자 아이는 새파랗게 변해갔다. 사산이었다.

죽은 아이를 껴안고 울 틈도 없었다. 하필이면 그날 경찰이 들이닥쳤기 때문이다. 누군가 이웃에 온 낯선 사람을 신고한 모양이었다.

마룻바닥에 구둣발로 들어선 경찰 앞에서 조방아는 태연했다.

"남편은 전쟁터로 나갔어요."

경찰은 믿지 못하는 표정이었다. 그는 허리춤의 권총에 손을 갖다 댔다. 권총을 차고 황급히 북으로 떠난 남편이 떠올랐다.

"혹시라도 누가 찾으면 이걸 보여주라고 했어요."

조방아는 담요 밑에 넣어 두었던 황금빛 메달을 꺼내 경찰에게 내밀었다. 경찰은 유심히 메달을 보더니 갑자기 부동자세로 거수경례를 하는 것이었다. 너무나 깍듯해서 마치 연기를 하는 것 같았다.

"실례했습니다. 몸조심하십시오."

경찰이 떠난 뒤에 조방아는 땅바닥에 털썩 주저앉았다.

큰언니는 그 고마운 경찰관을 찾아 나섰다. 며칠 수소문 끝에 그를 찾은 큰언니는 경찰가족증명서와 여행허가서를 들고 돌아왔다. 밀양으로 가는 길을 확보한 것이었다.

전쟁은 있던 것을 순식간에 파괴하지만, 없던 것을 마술처럼 만들기도 한다.

영등포역은 남쪽으로 가는 기차를 타려는 수많은 사람들로 붐볐다. 흰옷을 입은 사람들이 진눈깨비처럼 플랫폼에 가득했다. 조방아는 기차의 화물칸에 올라탔다.

세월이 한참 지난 뒤에야 조방아는 서울에서 살던 커다란 한옥이 그 경찰관의 소유로 넘어갔다는 걸 알았다. 인민군 부역자 조방아 한 사람을 살려준 덕분에 그는 커다란 집 한 채를 게 눈 감추듯 소매 속에 넣게 되었다.

25

 전쟁이 막 시작되었을 때 평소에 잘 알고 있던 경찰관이 어느 날 저녁 안오석을 찾아왔다. 검은 띠를 두른 아이보리색 중절모를 눌러쓰고 있었다. 사복 차림의 그는 어릴 적부터 같은 마을에서 자란 친구였다.

 "자네는 큰일을 도모하는 사람이니 전쟁통에 정말 몸을 조심해야 하네."

 그는 주위를 살피더니 오석에게 슬쩍 무엇인가를 건넸다.

 "이 쇳조각이 긴히 필요할 때가 있을지 모르네. 잘 넣어 두게."

 안오석의 손에 들어온 건 가운데에 태극 문양이 새겨진 황금빛 메달이었다.

그 친구는 일찍이 경찰관이 되었고 1948년 봄 제주에 파견을 나가 있었다. 안오석을 만난 그가 말했다.

"사람이 사람으로 보이지 않았지. 나도 사람이 아니었어."

그때 제주 4·3 사건을 진압한 공로로 이승만 정부는 경찰에게 메달 하나씩을 나누어 주었다. 훈장 같은 것이었다. 그 메달 하나가 조방아를 살렸다.

26

그 많은 날들을 세상에 나가 사람들을 만나고
이제까지 없던 나라를 세우겠다는 꿈이
군복을 입는 것으로 충족된 것일까?
폭력이 없는 세상을 꿈꾸면서
왜 남편은 총을 허리에 차고 있는가?
억압이 없는 세상을 만들어보겠다고 했으면서도
왜 남편은 군대라는 억압 속에 자신을 묶어두고 있는가?
그토록 그리던 자유를 포기하고
하필이면 군복 속으로 숨어들었는가?

7월이 되자 밀양을 둘러싸고 있는 산들이 강한 초록을

내뿜었다. 1953년의 절반이 지나가는데도 남편은 소식이 없었다. 조방아에게 남아 있는 것은 금빛 메달을 건네주고 떠나던 날 남편의 이미지뿐이었다. 짙은 황토색의 추레한 인민군복 차림의 한 남자. 그를 따라왔던 인민군들도 똑같은 군복을 입고 있었다.

전쟁은 옷을 바꾸고 옷은 사람을 바꾼다. 사람은 옷으로 신분과 계급을 나눈다. 군복은 적으로부터 자신을 숨길 수 있는 옷이어야 한다. 풀숲에 몸을 숨겨도 풀빛과 일체가 되어야 적의 눈에 띄지 않게 된다. 조방아는 남편의 군복이 세상을 점령하고 있는 초록의 색조와 어울리지 않는다고 생각했다.

'그는 정말 군복을 입고 싶었던 걸까?'

조방아의 눈에 군복은 사람을 가두는 옷이었다. 너와 나의 차이가 없다는 것을 확인해 주는 동시에 너와 나는 차이가 있다고 주장하는 옷이기도 하다. 남편은 이 세상에 차별이 사라져야 한다고 말하던 이가 아니던가.

전쟁은 밀고 당기는 교전이 계속되고 있었다.

전쟁의 와중에 조방아는 싱거 재봉틀이 있는 밀양으로 돌아왔지만 한 번도 재봉틀 앞에 앉지 못했다.

27

뜻밖에도 안오석이 거제도 포로수용소에 갇혀 있다는 소식이 날아들었다.

그때부터 조방아는 시어머니와 함께 여러 차례 거제도를 찾아갔다. 한 시간을 걷고, 두 시간 기차를 타고, 그리고 두 시간 버스를 타고, 다시 한 시간 배를 타고 갔다.

그 고된 길을 나설 때마다 시어머니는 늘 고운 옥빛 비단 한복을 차려입었다. 한복은 단아하고 정갈했다. 풍성하게 펼쳐진 치마는 그 자체로 이야기를 품은 듯했다. 한복을 만드는 일은 서양의 의복에 비해 훨씬 까다로운 작업이었다. 손끝으로 하나하나 정성껏 바느질을 해야만 비로소 형체를 갖추기 때문이다. 저고리와 치마라는 간결한 구조

속에 담긴 디자인은 눈에 띄게 단순했지만 그 안에 숨은 의미는 깊고도 고요했다. 한복은 말없이, 그러나 강렬하게 내가 누구인지, 또 내가 어떤 존재인지를 드러내는 옷이었다. 단아한 곡선은 품위 있는 집안의 여인임을 은근히 알렸고, 그 자체로 일종의 고백이자 표식이었다. 그러나 한복은 동시에 그 안에 여인의 몸과 마음을 단단히 가두는 옷이기도 했다.

시어머니는 옥빛 한복을 입을 때면 악어가죽으로 만들었다는 핸드백을 팔에 걸었다. 조방아가 혼수품으로 가져온 것이었다. 시어머니가 가장 아끼는.

28

 무슨 수를 써서라도 아들을 구해내고 말겠다는 시어머니의 의지는 집요했다. 시아버지는 땅문서를 꺼내 논밭을 처분하고 돈을 마련했다. 거제도를 갈 때마다 떡을 해 방아에게 이고 가게 했다. 스님을 만나면 두 손을 모아 합장을 했고, 가끔은 교회를 찾아가 목사의 옷자락을 붙잡았다. 시어머니의 바람은 매번 무너졌다. 포로수용소에서 아들의 얼굴을 마주할 수 없었다. 인민의용군 포로에게 세상은 호의적이지 않았다. 전쟁은 38도선 부근에서 교착 상태에 빠져 있었고 어쩔 수 없이 시작된 휴전회담은 지지부진했다.

안오석이 포로수용소에서 미군의 통역을 돕고 있다는 사실을 수소문 끝에 알게 된 것은 그나마 다행이었다. 유창한 영어 회화 실력 덕분이었다.

"죽지 않으면 산다."

시어머니가 밀양의 집으로 돌아올 때마다 기도하듯 내뱉은 말이었다.

29

 남편 안오석이 거제도 포로수용소에서 빠져나왔다. 1953년 유엔군과 인민군의 휴전 협정이 체결되기 두 달 전이었다. 시어머니와 방아는 오석이 갈아입을 옷을 보자기에 싸서 포로수용소 정문으로 갔다. 흰 와이셔츠와 잘 다린 고동색 바지. 오석은 낡은 군복을 벗고 민간인이 되었다. 옷을 바꿔 입는 데 십 분도 걸리지 않았다. 한 시간 배를 타고, 두 시간 버스를 타고, 그리고 두 시간 기차를 타고, 다시 한 시간을 걸어서 집으로 돌아왔다. 집에 돌아오자마자 시어머니가 아들을 끌어안고 말했다.

 "죽지 않으면 산다."

30

 포로수용소에서 풀려나 집으로 돌아온 오석의 장딴지에는 못 보던 흉터가 있었다. 총탄을 맞은 자리라고 했다. 동그란 흉터는 붉은 도장을 찍어 놓은 듯했다. 크기는 딱 동백꽃만 했다. 결혼 전에 조방아가 혼수를 준비하며 횟대보와 베갯잇에 수를 놓았던 그 동백꽃이 남편의 장딴지에 박혀 있었다.

 붉게 이지러진 살갗 사이
 신기하게도 노란 살이
 동백꽃의 꽃수술처럼
 볼록하게 돋아 있었다.

동백꽃이 아, 하고 입을 벌리면
그 붉은 목구멍 속에
노란 목젖이 보이는 것처럼.

31

 평생 똑같은 옷을 몸에 걸치고 죽음을 맞이하는 사람은 없다. 계속 옷을 바꿔 입으려고 애쓰다가 결국은 늙는다. 몸에 맞는 옷을 찾다가 옷에 맞는 몸으로 변해간다. 입던 옷이 더러워지면 옷을 세탁하고 말리고 개고 다리고 옷걸이에 거는 일로 일생을 다 소비한다.

 몸은 옷의 표정,
 결핍처럼 쭈글쭈글해진다.

32

 전쟁 중에 사산을 하고 난 이후 조방아에게는 아이가 생기지 않았다. 시어머니는 자식 복도 없는 년이라고 대놓고 구박을 일삼았다.

 남편은 하루의 대부분을 방에서 누워 지냈다. 그러다 한 번 집을 나가면 그의 목덜미를 받쳐주던 목침만 방안에 뒹굴었다. 며칠씩 집을 비우는 일이 다반사였다. 어디를 다녀왔는지 묻는 일도 슬슬 지쳐가기 시작했다. 무슨 일인가를 궁리하고 도모하는 건 분명한데 그게 구체적으로 무슨 일인지는 알지 못했다. 남편이 가족에 대한 책무를 다하기 위해 돌아다니는 것 같지는 않았다.

그러던 중 하늘의 보살핌 덕분인지 기적적으로 조방아의 뱃속에 아이가 들어섰다. 1958년, 조방아는 결혼한 지 십 년 만에 아들을 낳았다.

33

하루는 조방아가 안오석의 소매를 잡고 말했다.
"밀양 읍내에 양장점을 하나 차려 주세요."
의외로 일은 순조롭게 착착 진행되었다. 시어머니는 밀양 읍내에 2층짜리 일본식 건물을 구해주었다. 두 돌이 넘은 아들은 시어머니가 맡아서 키웠다. 양장점은 뒷마당이 넓은 집이었다. 조방아는 1층을 양장점으로 수리하고 작업대 위에 싱거 재봉틀을 올렸다. 재봉틀이 가족을 먹여 살릴 거라는 확신이 들었다. 안오석은 뒷짐을 지고 방아가 양장점을 차리는 일을 지켜보았다. 그는 빗자루 한 번 들지 않았다. 그가 한 일은 딱 하나, 양장점 이름을 짓는 일이었다. 어느 봄날 간판이 내걸렸다.

가람양장점.

남편에게 가람이 무슨 뜻이냐고 물었다.
"옛날에는 강을 가람이라고 했소. 순우리말이지."
조방아는 가람양장점이 더 큰 강을 이루어 흐르다가 오대양 육대주로 이어지는 바다에 이르렀으면 좋겠다는 생각을 잠깐 했다.

34

 조방아의 말은 파격적이었다. 금방 딴 오이처럼 신선했다.
"어떻게 하면 나를 잘 표현할 수 있을지 생각해 보세요."
 손님들은 양장점 주인의 말을 듣고 잠시 망설이기도 했지만 이내 제안을 받아들였다. 조방아의 제안에 의해 조방아의 손으로 만든 옷이 제일 예쁘다는 말이 읍내에 자자하게 퍼지고 있었다. 우아한 나비를 본 손님들은 나비가 되고 싶어 했다. 봄날이었다. 양장점은 꽃밭이었다.

35

조방아의 양장점에서 만든 옷들은 대부분 여성들의 잘록한 허리를 부각시키는 스타일이었다. 그것은 유럽과 일본에서 한창 유행하고 있던 감각을 반영한 것이었다. 흑백영화 〈로마의 휴일〉을 본 여성 관객들은 배우 오드리 헵번 Audrey Hepburn이 입고 나온 고전적인 흰 블라우스와 편안하고 풍성한 풀 스커트 사이의 허리에 시선을 빼앗겼다. 허리를 졸라매는 밴드형 벨트마저 여성의 강력한 자기표현으로 이해했다. 여성들은 오드리 헵번이 되고 싶어 했다. 궁전 생활의 억압에서 탈출하고 싶었던 앤 공주처럼 저마다 자기만의 방식으로 자유를 누리고 싶었다.

남성들이 갖지 못한 가는 허리를 애써 가릴 필요가 없었다. 조방아의 양장점에서는 원피스를 잘록한 허리 아래로 가면서 스커트가 넓게 퍼지도록 만들었다. 둥글고 풍성한 느낌이 나는 디자인이 대세였다. 색상은 봄날의 분위기를 연상시키는 파스텔 톤의 베이비핑크와 연보라 계통을 선호하는 손님이 많았다. 여성의 곡선을 우아하게 드러내며 여성스러움을 강조하는 조방아의 디자인은 금세 입소문을 타고 빠르게 퍼져나갔다.

손님들은 자신과 옷과의 관계를 생각하기 시작했고, 양장점은 매일 발 디딜 틈 없이 북적거렸다.

36

이 꽃나무에서 저 꽃나무로
꽃들이 뛰어다니고 오르락내리락하고
발라당 자빠지기도 하고
어떤 꽃들은 콰당, 하고
바위처럼 떨어지기도 하는 봄날이었다.

바위처럼 지는 꽃은 동백꽃이었다. 조방아가 혼수를 마련할 때 베갯잇에 수놓았던 그 동백꽃. 동백꽃이 모가지째 떨어질 때쯤이면 살구꽃이 피기 시작한다. 그 무렵이 바야흐로 봄이다. 조방아는 그 아름다운 봄을 즐길 여유가 없었다. 하루가 다르게 주문이 밀려들었고 하루 종일 재봉틀 앞에 앉아 있어야 했다.

 안오석은 양장점 뒷마당에서 뒷짐을 지고 자주 거닐었다. 그는 낯선 남자와 진지한 표정으로 대화를 나누고 있었다. 안오석이 좋아하는 꽃은 복사꽃이었다. 양장점 창을 열었더니 뒤뜰에서 두런거리는 소리가 들렸다.
 "복사꽃은 짙은 핑크빛 꽃잎이 너무나 매혹적이야. 꽃잎의 테두리는 면도칼로 도려낸 듯하지."
 "그래서 아름답지만 아슬아슬한 꽃이지."
 안오석이 덧붙였다.
 "여자들이 복사꽃을 보면 바람이 난다고 해서 집안에는

심지 않는 꽃이라 하더군."

　남자가 웃었다. 복사꽃이 질 때까지 조방아가 남편과 뒷마당을 거닐었던 적은 없었다. 남편은 모든 이에게 너그럽고 자상한 사람이었지만 조방아에게는 무거운 바위 같은 사람이었다. 그는 국가와 사상과 미래를 자주 입에 올렸지만 저녁 반찬이나 집안 살림살이는 거들떠보지 않았다. 안오석은 보잘것없이 작은 것에는 관심이 없었다. 그는 조방아의 양장점 운영에 대해서도 일절 관여하지 않았다. 기껏 남편이 했던 말은 한두 마디뿐이었다.

　"여자들이 치마를 던지고 왜 그렇게 바지를 좋아하는 거야?"

정작 그는 아내가 여자들의 바지를 만들어 생계를 유지하고 있다는 사실은 외면했다. 그는 조방아가 바라는 것보다 더 큰 꿈을 꾸었지만 조방아가 원하는 것보다 훨씬 작은 사람처럼 보였다. 시어머니는 아들이 장차 큰일을 할 사람이라는 말을 입에 달고 다녔다. 그러면서 며느리를 보고는 이렇게 말했다.

"여자의 목소리가 담장을 넘어가면 안 된다. 여자는 멀리 가면 안 된다. 여자는 보이는 곳에 있어야 한다."

안오석이 멀리 가서 보이지 않는 날은 이렇게 말했다.

"큰일을 할 사람이다."

그럴 때마다 조방아는 속으로 이렇게 생각했다.

'큰일은 남편이 하고 저는 작고 소소한 일을 할 거예요.'

조방아는 시댁의 재력에 의지해 살아가는 남편이 못마땅했다. 그의 앞에 놓인 현실의 장벽은 그리 쉽게 넘을 수 있는 것이 아니었다. 남편의 욕망은 세상을 들었다가 놓을 수도 있었지만 조방아가 재봉틀 앞에 앉지 않으면 서너 시간을 타고 갈 버스비도 마련할 수 없었다.

37

보풀,
한없이 성가신 솜털,
목덜미나 손목을 움직일 때마다
마찰이 일어나 생기는 보풀,
보이지 않는 곳에서 살아나는 보풀,
빼꼼 고개 드는 보풀,
기어가는 보풀,
손으로 확 잡아 뜯으면 안 되는 보풀,
멀리까지 이어져 있는 보풀,
그 뿌리가 있는 보풀,
끝없는 배경이 있는 보풀,

하찮게 여기면 안 되는 보풀,
떨리는 보풀.

38

 복사꽃이 필 때 양장점 뒤뜰에 처음 왔던 남자는 훤칠한 키에 눈매가 서글서글했고 낯선 고장의 말씨를 썼다. 때로 억센 억양이 입술 밖으로 튀어나오기도 했다. 전쟁 때 내려온 인민군들의 말투와 유사했다. 그는 안오석을 '동지'라고 불렀다. 그가 안오석과 어떤 협력을 하고 있는지 조방아는 알지 못했다. 멀리 서울에서 내려왔다는 소개가 전부였다.

 그 남자는 안오석의 집에서 이틀을 묵고 가더니 한 달 후에 아예 짐을 싸서 밀양으로 내려왔다. 오석은 그를 위해 방 한 칸을 마련해주었다. 밀양강 절벽 위의 영남루와 그리 멀지 않은 곳이라 했다.

39

 해가 지고 있었다. 조방아는 의자에 앉아 양장점 유리문에 닿는 햇빛의 채도가 바뀌는 것을 바라보고 있었다. 그때 그 남자가 왔다. 유리문이 열렸고 그 남자가 등에 햇빛을 등지고 성큼 들어섰다. 방아는 오뚝이처럼 일어섰다. 남자는 회색 정장 차림에 주홍빛 넥타이를 매고 있었다. 근사했다. 그는 안오석을 만나러 왔다고 했다. 오석은 점심때 대구에 다녀온다는 말을 남기고 떠난 뒤 돌아오지 않았다.

 그 남자는 두 손을 바지 주머니에 넣고 양장점을 천천히 둘러보았다. 작업대 위에 올려진 완성하지 못한 투피스, 옷걸이에 비뚤게 걸린 블라우스, 구석에 널브러진 두루마

리 옷감 원단들을 그는 살펴보았다. 마치 실습장을 감독하는 감독관 앞에 서 있는 기분이었다. 조방아는 무슨 잘못을 저지른 것처럼 부끄러웠다.

그러다가 남자는 조방아 앞으로 두 걸음 다가왔다. 조방아는 닿을 듯 가까운 거리에서 그 남자의 얼굴을 보게 되었다. 영화배우처럼 입술이 잘생겼다는 생각이 들었다. 흰 와이셔츠 위로 맨 주홍빛 넥타이가 돋을새김 조각처럼 또렷하게 눈에 들어왔다.

사랑에 빠지기 위해 긴 시간이 필요한 것은 아니었다.

착각이었다.

조방아가 말을 걸어보기도 전에 그 남자는 미안하다는 말을 남기고 떠났다.

40

 그 남자는 옷을 잘 입을 줄 아는 사람이었다. 회색의 정장과 주홍빛 넥타이는 마치 서로 다른 두 세계가 조화를 이루는 듯한 느낌을 주었다. 색의 대비와 균형을 아는 사람만이 낼 수 있는 섬세한 감각이었다. 그가 선택한 보색의 조합은 마치 차가운 회색이 따뜻한 주홍을 품고 있는 것처럼 서로의 존재를 더욱 뚜렷하게 드러냈다.
 그 남자의 옷차림은 상반된 것들 사이의 차이를 활용해 또 다른 질서를 만들어 내고 있었다.

41

관계가 확정되는 순간
관계는 한계의 상자 속에 갇힌다.
조방아가 모를 리 없었다.
하지만 조방아가 모르고 있는 게 있었다.
영원은 끝없이 이어진 길의 마지막에 있는 것이 아니라
모퉁이를 도는 순간마다 누적된다는 것을.
영원은 자로 잴 수 있는 길이가 아니라
순간의 깊이이므로.

42

 열흘 후에 그 남자가 다시 양장점에 나타났다. 조방아에게 남편이 언제 돌아오느냐고 물었다. 그는 안오석의 부재를 이미 알고 찾아온 것이다. 밀양강 절벽 아래 수면 위로 뛰어오른다는 잉어처럼 조방아의 가슴이 요동쳤다.

 남자는 흰 와이셔츠에 검은 바지를 입고 있었다. 편안한 차림이었다. 특별할 게 없는 그 차림새마저 방아에게는 특별하게 여겨졌다. 격식을 갖춘 정장 따위는 언제라도 벗어 던질 수 있다는 신호를 보내고 있었다. 조방아는 혼자 생각했다.

'남자는 나에게 보여주려고 옷을 입고 나왔다. 오로지 나를 위해 말이다.'

조방아는 스스로 발칙한 감정일 뿐이라고 자신을 다독거렸다. 발칙함을 멈추고 싶지 않았다. 그러자 그 남자의 옷과 방아가 연결되고 있다는 생각이 꼬리를 물고 이어졌다. 한 번도 경험하지 못한 느낌이 방아를 감쌌다.

옷을 잘 입는 사람은
그 옷을 바라보는 사람을 변화시킨다.

43

옷이 완성되었을 때
옷을 옷걸이에 걸어놓고
한번 안아보는 습관이 조방아에게는 있었다.
조금 민망하기도 하고
아무 볼륨감이 없어 허전하지만
그 옷을 입고 나서 사랑에 빠질 사람을
떠올려보는 순간이 좋았다.

44

 그 남자의 옷은 그가 조방아 앞에 나타났을 때만 보이는 게 아니었다. 그 남자가 사라지고 난 뒤에도 방아는 그 남자의 옷을 보고 있었다. 몸의 형체를 가장 적절하게 맞추고, 몸의 움직임을 가장 원활하게 도와주는 옷이었다. 그때부터 조방아의 눈에 그 남자의 벗은 몸이 보이기 시작했다. 몸을 가리기 위해 입은 옷이 그 남자의 몸을 있는 그대로 보여주었다. 근육은 근육대로 꿈틀거리고, 피부 속에서 뼈는 제각기 질서 있게 움직이고 있었다. 그 남자의 숨소리는 귓전에 닿아 뜨거웠다.

 '망측한 일이야. 나는 그 남자의 옷에 빠져 있을 뿐 그 남

자에 빠져 있는 건 아니야.'

여름이 시작되고 있었다.

45

 안오석은 사업을 통해 한밑천을 마련해야겠다고 다짐하며 팔을 걷어붙였다. 한여름에는 부산 광안리 해수욕장에서 파라솔 임대 사업을 시작하겠다며 시어머니에게 자금을 빌려 달라고 했고, 겨울에는 연탄보일러 대리점을 차리겠다며 다시 손을 내밀었지만, 그 모든 시도는 번번이 실패로 돌아갔다. 함께 사업을 하자던 지인은 돈을 몽땅 가지고 도망갔다. 안오석은 세상 물정에 어두웠다. 늘 높은 곳만 바라보던 그에게 장사라는 현실은 너무도 낯설고 험난했다. 되는 일이 하나도 없었다. 더 이상 시어머니에게 손을 벌리기도 어렵게 되었고 생계는 온전히 조방아의 양장점에 의지할 수밖에 없었다.

조방아는 실질적인 가장이 되어 남편과 아들을 먹여 살려야 했다.

46

"네 할아버지는 평생 자본주의를 저주하며 사셨지. 사실 자본주의가 뭔지 하나도 모르던 분이었어. 몰라서 서툴렀던 것이고, 서툴러서 매번 망했던 거지."

아버지와 마주 앉은 횟집에서 소주를 각각 한 병씩 비웠는데 쟁반 위의 농어회는 절반이나 남아 있었다. 나는 아버지에게 물었다.

"사랑도 서툴러서 망했던 것일까요?"

소주잔을 든 아버지가 건배를 하자고 팔을 내밀었다. 짠, 하고 두 개의 작은 잔이 경쾌하게 부딪히는 동안 잔속에서 파도가 일렁였다.

"네 할아버지는 할머니가 운영하는 양장점에서 어떤 일

이 생기는지 아무 관심이 없었대. 할머니가 만든 옷에 대해서 이러쿵저러쿵 묻지도 않았대. 단 한 번도."

"할머니가 외로웠겠네요."

아버지가 소주잔을 내려다보며 말했다.

"외로웠기 때문에 무엇을 해야 할지 아셨던 거 같아. 외로움이 할머니를 만든 거지."

할머니의 일상은 양장점에서 옷을 만드는 일이었지만 할아버지의 일상은 양장점 밖에서 도탄에 빠진 세상을 구하는 일이었다. 할머니의 양장점 사업에 대한 할아버지의 무관심은 사람에 대한 무관심으로 이어졌을 게 뻔하다.

47

 십 년 넘게 디자인 회사를 다니면서 나는 패션이 드로잉이나 재단, 봉제 기술에 의해 완성되지 않는다는 걸 차츰 깨달아 가고 있었다. 할머니가 양장점을 열었던 1960년대 초중반만 해도 옷 한 벌을 스케치하고 재봉틀 앞에서 손님의 주문대로 옷을 완성하면 그만이었다. 소규모 주문생산의 시대에는 패션 트렌드가 무엇인지를 고려할 필요가 없었다.

 세상은 바뀌었다. 패션 디자이너는 패션 시장을 분석하고 소비자가 원하는 게 무엇인지를 먼저 파악해야 한다. 빠르게 변해가는 트렌드를 따라잡기 위해서는 옷의 주인, 즉 소비자의 견해를 충분히 고려해야 하는 것이다. 디자이너의 창의성이 세계와의 접점을 찾기 위해서는 무엇보다 사람들의 취향과 선호도를 알아야 한다. 창의적인 것을 만드는 사람은 사소한 일상에서 세계적인 것을 모색하니까.

48

 무언가를 원할 때 그것은 온다. 사랑이 그렇다.
 가까운 경주를 한번 다녀오지 않겠느냐고 그 남자가 제안했을 때 조방아는 좋았다. 경주가 아니라도 좋았다. 더 가까운 표충사를 가자고 해도 펄쩍 뛰며 좋아했을 것이다. 그 남자가 손가락으로 가리키는 곳을 바라보기만 해도 좋을 것 같았고, 그 남자가 비 오는 처마 밑에서 몇 시간을 쪼그리고 앉아 있어 보자고 해도 마냥 좋을 것 같았다.
 안오석이 며칠 서울을 다녀온다고 집을 비운 날을 택했다. 비포장도로 위를 덜컹거리며 달리는 버스 덕분에 두 사람은 자주 어깨가 닿았다. 조방아는 고요한 불국사 경내를 산책하는 상상을 하고 있었다. 그 남자가 조방아를 이끌고 간 곳은 야트막한 산을 끼고 있는 서악동이었다. 길이 없는 산길이었다. 가시덤불을 헤치고 걸어가며 남자는 조방아에게 꼭 보여주고 싶은 게 있다고 말했다.

  경주 서악동 마애여래삼존입상.
  거대한 암벽에 높이가 7미터가 된다는 마애여래불이 새겨져 있었다. 왼쪽에 서 있었다는 관음보살상과 오른쪽의 대세지보살상의 자리는 비어 있었다. 본존 마애불은 마치 바위 속에서 천천히 걸어 나오다가 딱 멈춰선 모습이었다.

  그는 바위 속에 누워 잠을 자다가

캄캄한 바위 속에서 눈을 뜨고 벌떡 일어났을 것이다.
세상에서 벌어지는 일들이 궁금해서
세상 사람들이 무슨 이야기를 나누는지 궁금해서
식구들이 잠든 사이
무거운 바위의 문을 열고 바깥으로 나왔을 것이다.
그때 때마침 누군가 정釘으로
바위를 두드리는 소리가 들렸을 것이고
그 소리를 따라 걷고 걷다가
경주가 내려다보이는 서악동 선도산 정상에 이르렀을 것이다.

큰 암벽을 통째로 깎아 만든 통일신라시대의 불상 앞에서 그 남자가 말했다.

"이마 위 머리 부분이 사라진 것은 잔머리를 쓰지 말고 살아가라는 부처님의 계시지요. 스스로 머리를 없애버린 겁니다. 저 두 눈도 파손된 게 아니에요. 끔찍한 세상을 구하러 바위 속에서 걸어 나왔다가 세상이 생각했던 것보다 끔찍하고 비참해서 세상을 바라보지 않으려고 부처님이 아예 눈을 감아버린 겁니다."

그 남자의 말은 어딘지 모르게 허황했지만 조방아는 감탄했다. 스스로 눈을 감아버린 부처님. 남자는 우리나라 불상 중에 이 마애불을 제일 좋아한다고 말했다.

그때 조방아는 보았다. 웅장한 원통형의 체구, 크고 뭉툭한 코, 부드러운 뺨, 미소를 머금은 믿음직한 입술과 턱이 남자의 모습을 빼닮은 게 아닌가. 조방아는 소스라치게 놀랐다.

49

 본존 마애불의 어깨에서부터 흘러내리는 선명한 옷 주름이 눈에 들어왔다. 단순하면서도 담대한 선. 힘이 느껴지는 자신감.
 '저 불상이 오랜 시간 자신 있게 서 있는 것은 저 옷의 주름 때문일 거야. 저 주름이 불상의 기분을 말하고 있어. 옷은 입이 없지만 말을 하는 게 분명해. 침묵하면서도 웅변가처럼 말을 하는 옷…….'

 그 남자도 마찬가지였다. 그 남자가 입은 옷은 그 남자의 몸과 겉돌지 않았다. 그 남자가 입는 옷은 그 남자의 몸을 가리기 위한 게 아니었다. 그 남자는 옷으로 자신을 말하고 있었다. 그 남자가 입는 양복은 단 두 벌이었다. 그 남자는 넥타이를 새로 매면서 변했고, 와이셔츠를 갈아입으면서 변했고, 구두를 바꿔 신으면서 변했다. 옷으로 내면의 욕망을 표현할 줄 아는 남자. 그것은 속물적인 욕망이 아니었다.

조방아는 이렇게 생각했다.
'그 남자가 옷을 선택한 게 아니라 옷이 그 남자의 몸을 찾아온 거야.'

50

그날 숲속에서 그 남자는 방아를 안았다.
거대한 마애불이 눈을 질끈 감고 조방아의 몸 위로 쓰러졌다.
방아의 두 볼은 환한 살구꽃으로 빛났다.

정말로, 정말로 사랑하는 사람들은
옷과 피부 사이의 틈,
그 허공을 걷어내고 싶어 한다.

51

그 남자와 조방아는 밀양강 얼음장이 쩡쩡 갈라지는 소리를 들었다.

그 남자와 조방아는 영남루에 올라서서 함께 마룻바닥을 밟을 때 삐걱거리는 소리를 들었다.

밀양 읍내 서쪽에서 눈발이 자욱하게 몰려오고 있었다. 눈발의 군대는 그 남자의 어깨에도 발자국을 찍었다.

그날 그 남자는 일자리가 생겨 떠난다고 했다. 밀양에 다시 올 일은 없을 거라고 했다. 가차 없었다. 어둑해지는 읍내를 바라보며 그가 말했다.

"살다 보면 꽃 피는 봄도 오겠지요."

조방아에게는 지금이 봄이었으나 그는 모르고 있었다.

모른 척하는 것인지도 몰랐다.
겨울이 밀어닥치고 있었다.

52

옷은 몸과
하나가 되려고 하지 않는다.
잠시 어울리다가 분리되고
뜨겁게 좋아하다가
명쾌하게 이별한다.
옷은 옷이고
몸은 몸이다.

53

 조방아가 웬 남자를 자주 만난다는 소문이 삽시간에 밀양 시내로 퍼져나갔다. 안오석은 그 소문의 근원을 알고 있었다. '동지'의 일탈을 일찍이 차단하지 못한 자신에게 가장 큰 책임이 있었다. 창피했다. 소문이 귓가에 닿으면 귀를 닫았다.

 시어머니는 소매를 걷어붙이고 펄펄 뛰었다. 집안의 품위를 심각하게 훼손했다는 것이었다. 단정치 못한 못난 년이라는 험담과 호통을 며느리에게 쏟아 부었다. 조방아는 그 남자를 몇 번 만난 건 사실이지만 사랑에 눈이 먼 것은 아니라고 변명했다. 소용이 없었다. 시어머니는 조방아를 집안에서 내보내기로 결정했다. 그 남자가 입은 옷이 그 남자에게 끌리는 이유였다고 조방아는 말하지 못했다.

 소문이 퍼지면서 양장점 손님이 급격하게 줄어들었다. 여자들은 불결한 양장점에서 만든 옷이라며 몰래 옷을 갖다버리거나 태워버리기도 했다. 조방아는 결국 양장점 문을 닫았다. 두 해 동안 양장점을 뻔질나게 드나들던 햇빛은 양장점 입구에서 발을 멈추었다. 간판이 내려졌다. 그 남자가 밀양을 떠난 후였다.

 이혼 절차는 빠르게 진행되었다.

조방아는 밀양역에서 서울로 가는 기차에 올랐다. 목적지는 큰언니네 집이었다. 밀양역을 떠나면서 기차는 방아와 오석을 분리했다. 시어머니는 가족사에서 그녀를 지웠다.

54

기차는 느릿느릿 북상했다. 컴컴한 터널을 지나갈 때는 매캐한 연기가 창문을 비집고 들었다. 그런데 터널을 빠져나가는 순간, 기차는 새롭고 눈부신 풍경을 창밖 가득 펼쳐 놓았다. 그 쾌감과 환희를 조방아는 충분히 느끼고 있었다.

무릎 위 보따리에는 시어머니가 챙겨준 적지 않은 현금이 들어 있었다. 떠나기 전날 시어머니는 보자기에 싼 묵직한 돈뭉치를 은밀하게 건네주면서 검지를 입술에 갖다 댔다.
"이건 너하고 나하고만 아는 일이다. 누구에게도 말하지 말거라. 죽지 말고 살아야 한다. 죽지 않으면 산다. 애는 내가 잘 키우마."

 다섯 살배기 아들의 양육권이 시어머니에게로 넘어가는 순간이었다. 나중에 시어머니는 손자에게 말했다.

 "네 어미는 죽었다. 다시는 엄마를 찾거나 입에 올려서는 안 된다."

 조방아는 밀양을 지웠다. 늘 닿을 수 없는 높은 곳만 바라보느라 처자식을 외면했던 안오석을 지웠고, 하나밖에 없는 어린 아들을 지웠다.

 밀양에서 조방아는 아내였고 엄마였고 며느리였고

생계를 책임지는 실질적인 가장이었다.
밀양을 떠나면서 그 모든 걸 내려놓고
조방아는 조방아가 되었다.

55

조방아는 종로2가에서 양장점을 열었다. 〈백조양장점〉. 시어머니에게 받은 전별금을 종자돈으로 삼고 큰언니의 도움을 일부 받았다. 남편을 내조하고 아이를 돌봐야 할 필요도 없었고 시댁의 눈치를 봐야 할 이유도 없었다. 서울에서는 〈슈후노도모主婦の友〉나 〈소엔裝苑〉 같은 일본 잡지를 어렵지 않게 구할 수 있었다. 조방아는 이 잡지들을 보면서 유행하는 새로운 여성복 스타일에 대한 감각을 익혔다.

옷으로 남녀를 구별하던 시대가 지나가고 있었다. 여성들이 얌전하게 치마를 입어야 한다는 묵은 습관이 깨지고 있었다. 미국과 영국, 프랑스 등지에서 유행하는 스타일은 곧바로 일본으로 수입되었고, 얼마 지나지 않아 서울의 조방아도 그 흐름을 파악할 수 있었다. 감각은 또 다른 감각을 낳았다. 조방아의 양장점은 금세 입소문을 탔고, 주문이 쇄도했다.

큰언니의 권유로 조방아는 성당을 다니기 시작했다. 명동성당에서 받은 세례명은 '요세피나'였다. 요세피나는 요셉의 여성형 이름. 신부님은 이 이름을 가지면 항상 진실하게 자신의 주인으로 살 거라고 덕담을 건넸다.

56

서울의 양장점이 성업을 이루면서 조방아는 예명을 하나 지었다. 세례명에서 따온 영어식 발음 '조세핀 조'. 서양 느낌이 물씬 풍기는 이름.

조세핀 조!

나는 귀를 의심하지 않을 수 없었다. 전공과목 〈한국복식사〉 강의 시간에 들었던 이름. 노라노와 함께 한국 패션계를 이끌었던 대한민국 1세대 의상디자이너. 교재 속의 그 이름이 내 할머니라니! 온몸에 소름이 돋았다. 열병에 걸린 듯 뜨겁고 차가운 감정이 뒤엉켜 나를 휩쓸고 갔다.

나는 강가에서 바지를 걷어 올리고
강을 건너야 할지 말아야 할지 두려워하고 있는데
내가 건너고 싶은 강을
거리낌 없이 먼저 건너간 분.

57

판탈롱 나팔바지를 만들 때
선과 색상, 원단의 질감을 선택할 때
그 섬세한 감각을 낳던 할머니의 따스한 손을
저는 잡아본 적이 없어요.
그 미묘한 균형감,
그 완벽함에 대한 집착,
그 끝없는 이야기의 첫 번째 단추도
저는 아직 달지 못했어요.
살아계실 때 한 번이라도 만나봤더라면
밀양으로 기차를 같이 타고 가고 싶다고
한껏 응석이라도 부렸을 텐데요.

58

 1963년 가을 조방아는 김포공항에서 일본 하네다공항으로 가는 비행기에 올랐다. 도쿄에 있는 문화복장학원에 입학하기 위해서였다. 1919년에 설립된 이 학교는 세계적인 패션디자인 전문학교였다. 문화복장학원은 방아의 나이와 경험을 고려해 재단과 고등부에 입학을 허락했다.

 양재를 배우는 반년 코스를 졸업하고 조방아는 1964년 4월 디자인과에 입학했다. 2년 코스였다. 디자인과는 수천 명의 학생 중 서른 명 정도만 진학할 수 있는 학과였다.

 섬나라의 여름은 숨이 막힐 듯 무더웠고 겨울은 혹독했다. 여름에는 고온과 습기가 뒤엉켜 거대한 한증막 속에 갇힌 듯 숨이 턱턱 막혔다. 겨울에는 얼음송곳으로 쿡 쿡 찌르는 듯한 아픔이 따라왔다. 그 모든 고통을 참아내며 조방아는 재봉틀 앞에 앉았다. 이 고난을 견디지 못한다면, 다시 한국으로 돌아가게 된다면, 다시는 그 누구도 자신의 이름을 불러주지 않을 것 같았다. 그것은 죽음보다 더 끔찍한 일이었다.

여기서 뜻밖에도 마산고녀 시절의 재봉 선생을 만났다. 재봉 시간에 특수한 재능을 보였던 미나야스 요시에를 오십대 중반의 선생은 기억하고 있었다. 선생은 마산 앞바다의 물빛과 동백꽃 피는 봄에 대해 이야기했다. 아릿하고 쌉쌀한 시절이었다고. 그는 조방아를 각별히 아꼈고 격려를 잊지 않았다. 그는 조방아를 만날 때마다 추켜세우는 말을 아끼지 않았다.

"너는 '덴사이天才'가 틀림없어."

59

 조방아는 졸업창작발표회에서 최우수 학생으로 선발되었다. 문화복장학원은 졸업생 7,000명 중에 3명을 뽑아 프랑스 유학 특전을 부여했다.

 그 무렵 파리의 패션계를 이끄는 사람 중 하나가 피에르 가르뎅Pierre Cardin이었다. 최우수상을 받은 문화복장학원 졸업생에게는 파리에서 그의 특강을 들을 기회가 주어졌고 파리의 패션쇼를 관람하는 특전이 뒤따랐다. 피에르 가르뎅은 1958년에 일본을 방문한 적이 있었고, 문화복장학원의 명예교수로 이름을 올려놓고 있었다.

피에르 가르뎅의 강의는 혁신적이었다. 패션에 유니섹스 디자인을 제안하는가 하면 전통적인 패션의 흐름을 뒤바꾸어 브랜드 가치를 높이는 사업을 속속 추진하고 있었다. 조방아는 가르뎅의 담대하고도 파격적인 강의에 매료되었다. 그가 같이 사진을 한 장 찍자고 제안했을 때는 가슴이 울렁거릴 정도였다. 1963년에 세계적인 팝스타 비틀즈The Beatles를 위해 의상을 디자인하는 등 국제적으로 명성을 떨치고 있던 피에르 가르뎅과 함께 하는 동안 조방아는 뜨거운 태양 가까이 다가선 기분이었다. 녹아내릴 것 같았다.

60

옷은 그러니까
몸이 다시 태어나는 순간이다.
입이 없는 몸이
노래를 하는 그 찰나가
바로 옷이다.

61

 피에르 가르뎅은 패션이 의복에 머무르면 안 된다고 가르쳤다. 모자, 양말, 안경에서부터 침대 탁자와 램프, 심지어 샌드위치 토스터까지, 그는 수백 개의 디자인으로 세계를 바꾸고 있었다. 조방아는 가르뎅의 입에서 나오는 말들을 한 단어도 빠뜨리지 않고 받아 적었다.

 "현재의 옷을 만들지 말고 미래의 옷을 만들어야 합니다. 옷이 미래를 디자인하니까요."

62

"유리잔이 몸에 부어진 물의 형태를 정하는 것처럼 옷은 몸에 형태를 부여하기 위한 것입니다."

몸은 완전하지 않다.
사람마다 그 형태도 다르다.
완전한 옷은 완전한 몸을 완성한다.

63

"여성의 몸에 맞는 옷을 만들려고 하지 마세요. 옷에 여성을 넣으면 됩니다."

충격적이었다. 옷을 세상의 중심에 놓고 사고하는 방식. 이 세상의 주체가 사람의 몸이 아니라 옷이라는 것. 파리를 떠날 때까지 조방아의 머릿속을 뱅뱅 돌아다니던 말이었다.

64

 1965년 6월 한일기본조약이 체결되기 전까지 해방 후 20년 동안 한국과 일본은 정식 수교국이 아니었다. 이보다 앞서 여권을 만들거나 비자를 받아 일본에 유학을 가는 건 쉬운 일이 아니었다. 나는 아버지에게 물었다.

"그 시절에 어떻게 할머니가 일본 유학을 갈 수 있었어요?"

아버지가 빙그레 웃었다.

"할머니의 배경에 그 남자가 있었던 거 같아."

밀양에서 양장점을 경영할 때 만난 남편의 '동지', 할머니를 결국 우리 가족사에서 지우게 만들었던, 자신의 삶을 송두리째 뒤흔든 그 남자를 할머니는 만나고 있었던 거다.

할머니를 감싸고 있던 비밀이 한 겹 벗겨지는 듯했다. 한 사람의 배경이 된 보이지 않던 또 하나의 사람.

나는 소주 한 잔을 들이켰다.

65

옷,
형상이 없는 마음에
가시적인 모양을 부여하는 예술.

66

파리에서 돌아온 후에 할머니는 다시 조세핀 조가 되어 패션 디자이너로 승승장구했다. 나는 1966년 4월 21일 자 〈중앙일보〉에서 '조세핀 조 패션'이라는 기사를 찾았다.

"복식 디자이너 조세핀 조 여사는 2번째 모자와 의상 발표회를 21일 하오 3시 조선호텔 볼룸에서 가졌다. 발표된 작품은 평상복에서 이브닝드레스에 이르는 현대의상 32점과 복식사에 나타난 고대의상 10점. 로마네스크 시대의 십자군운동의 표시와 고딕 시대의 화려한 원뿔 모양의 헤닌 모, 르네상스 시대의 풍성한 레이스가 달린 의상이 눈을 끌었다. 평상복은 대부분 A라인으로 간단한 외곽선에다

부분적인 액센트를 두고 소매는 약간 짧고 넓어서 실루엣을 지향했다. 치마 길이는 무릎의 반선까지. 색은 주로 노랑과 푸른 계통."

67

1968년 1월 10일 자 〈중앙일보〉에는 '68년을 위한 조세핀 조 콜렉션'이라는 기사가 실렸다. 나는 그 기사도 다운로드했다.

"새해 들어 첫 번째 의상발표회가 열린다. 디자이너 조세핀 조 여사는 20일 하오 뉴코리아호텔 블루라운지에서 가질 68년도 의상 콜렉션에 앞서 9일 하오 1시 기자들을 위한 살롱쇼를 반도조선 아케이드에서 가졌다. 67년도 세계 일주 여행과 파리에서 디자이너 가르뎅 문하에서 연구하고 돌아온 조 여사는 세계 여러 나라의 인상과 이색적인 액세서리를 이용하여 세계 의상의 조류를 보여주었다. 타

운웨어를 주로 한 나들이옷 슈츠, 코트 드레스, 앙상블 등 43점은 그동안 유행해온 베비루크와 활동적인 멋은 사라지고 부드럽고 우아한 선을 살렸다. 전체 라인은 다즈 대신 요크를 넣었고 텐더 라인 A라인을 시도했으며 스탠드 칼라, 스텐 칼라가 압도적이다. 색깔도 밝고 화려한 색에서 침착한 색을 다루었고 68년 유행인 브라운이 주조를 이루고 있다. 무늬 있는 감보다 체크나 줄무늬를 많이 이용하여 앞으로의 경향을 보여주었다."

68

조세핀 조는 어느 신문 인터뷰에서 이렇게 말했다.

"모자도 옷입니다."

이 말을 듣고 깜짝 놀란 기자가 조금 더 설명을 부탁했다.

"모자를 쓰는 것과 쓰지 않는 것의 차이는 하늘과 땅 차이입니다. 품격의 차이지요. 과거에는 신분을 표시하기 위해 모자를 썼습니다. 지금은 패션의 완성도가 모자에 의해 결정된다고 해도 과언이 아닙니다."

피에르 가르뎅의 영향이 다분하게 스며있는 발언이었다.

69

 판탈롱 나팔바지는 무릎 아래로 넓게 퍼지는 바지 스타일이다. 조세핀 조는 1960년대 후반부터 1970년대까지 세계적으로 선풍적인 인기를 끌었던 이 판탈롱 나팔바지를 국내에 유행시킨 장본인이었다. 당시 영국 출신 팝 그룹으로 미국 빌보드 차드 1위를 휩쓸며 대중음악을 이끌던 비틀즈가 판탈롱 나팔바지를 입고 무대에 서면 그들을 좋아하는 팬들은 너도나도 나팔바지를 따라 입고 싶어 했다. 여기에 영감을 받은 조세핀 조는 판탈롱 나팔바지 제작에 심혈을 기울였다.

70

 옷으로 자신을 표현하고 싶은 여성들은 엉덩이와 허벅지의 곡선이 도드라지는 판탈롱 나팔바지에 환호했다. 스커트와 드레스를 던져버리고 나팔바지를 입으면 자유와 환희가 몸에 감기는 것 같았다. 구속되지 않고 한없이 거리를 걸어가고 싶게 만드는 게 판탈롱 나팔바지였다. 짧고 꽉 죄는 셔츠나 잘록한 허리가 돋보이는 티셔츠를 입으면 더욱 잘 어울렸다.

 나팔바지는 남성들에게도 선풍적인 인기를 끌었다. 1960년대 미국의 히피문화와 통기타와 팝송이 국내로 유입되면서 한국의 젊은이들도 자기 목소리를 내기 시작했다. 전통적인 관습에서 해방되고 싶었던 그들은 판탈롱 나팔바지를 입고 어울렸다. 무자비한 권력의 횡포에 주눅이 들었던 그들은 탈출구를 모색했다. 부조리한 시대의 어둠 속에서 허우적거리며 비틀즈의 노래를 따라 불렀다.

"Let It Be, Let It Be.(그냥 그대로 놔두라고.)"

71

판탈롱 나팔바지는
좁은 협곡을 따라 흐르던 강물이
바다와 합류할 때의 형태다.

강이 강이라는 것을 잊고
강이 강이었던 것을 버리고
바다로 스며들 때의 그 순간.
주저할 것도 없고
망설일 것도 없이
바다가 되는 그 순간.
자신이 넓어지는 그 순간.

튜바라는 악기가
나선형의 우여곡절을 거쳐
웅장한 저음을 쏟아내는 것처럼
억압과 구속을 바짓단으로 펼쳐 풀어버리고
마음껏 자유를 구가하는 바지.

판탈롱 나팔바지가 만들어 내는
가장 강한 이미지는 바로
자유였다.

72

 언론사와 잡지사에서 인터뷰 요청이 쏟아지고 한국디자이너협회장을 맡고 있을 때, 할머니는 홀연히 미국으로 떠났다. 마흔여덟 살 때였다.

 번 아웃이 왔던 걸까, 아니면 새로운 도전을 향한 갈망이었을까? 성공의 정점에 서 있었던 할머니는 왜 그렇게 갑자기 떠났을까?

 아버지도 그 이유는 알지 못한다고 했다. 아마도 5·16 쿠데타로 들어선 군사정부가 반공을 내세우며 죄 없는 이들을 탄압하던 시대여서 숨이 막혔을지도 모르겠다. 6·25 때 인민군과 엮였던 과거가 드러날까 봐 마음이 조급해졌을 수도 있었다.

  할머니에게 그 어떤 말로도 다할 수 없는 무언가가 있었던 게 분명하다.

73

할머니,
학교 운동장 느티나무 둥치에
매미 허물이 붙어 있는 걸 본 적이 있어요.
가운데가 갈라진 매미의 옷.
선생님이 말했어요.
"매미가 이 안에 웅크리고 있다가
멀리 날아갔단다."
입고 있던 옷을 과감하게 벗어 던지고
매미는 울기 위해 떠났던 거죠.
갇혀 있으면 날지 못하기에.
갇혀 있으면 울지 못하기에.

74

할머니가 아버지를 아주 잊은 것은 아니었다.

어느 날 조세핀 조는 밀양의 시어머니 앞으로 어린이 옷 한 벌을 소포로 보냈다. 영문 주소가 적혀 있는 소포를 처음 받아본 시어머니는 어린 손자에게 네 어미가 보낸 게 분명하다고 말했다. 손자에게 옷을 입혀본 시어머니는 자로 잰 듯 딱 맞다고 좋아했다.

기쁜 일은 오래가지 않았다. 소포 속에 짧은 편지 한 장이 들어 있었다. 안오석의 재혼 소식을 들어서 안다고 했다. 아이가 중학생이 되면 미국으로 유학을 보내 달라는 말도 적혀 있었다. 편지를 읽던 안오석이 편지지를 갈기갈기 찢었다. 시어머니도 동조했다.
"죽은 줄 알았던 년이 살아 있는 애를 빼앗아 가려고 하네."

아버지는 태평양을 건너서 온 옷을 채 십 분도 입지 못했다.

할아버지는 내가 일곱 살이 될 때까지 살았다. 세상을 바꾸는 꿈을 내려놓은 적이 없었다. 말년에 간암 판정을 받고 죽었다.

75

무조건적인 결합을 고집하는 것보다 분리의 길을 모색하는 사람이 지혜로울 수도 있다. 모든 걸 하나로 묶어야 한다는 강박은 때로 고통을 재생산할 뿐이다. 결합은 이상주의자들이 자주 내세우는 상투적인 테제다. 그럴싸해 보이고 번지르르한 말들에 취한 자들은 이별을 두려워한다.

결별이 섬을 만든다.
간격이 독립을 생산한다.

76

 아버지가 할머니를 마지막으로 만난 것은 할머니가 미국에서 40년 만에 귀국하고 난 직후였다. 다섯 살배기는 오십 대 중반이었고, 할머니는 여든여덟 살의 노인이었다.

 샌프란시스코 남쪽의 작고 조용한 마을에서 오로지 혼자 지냈다고 한다. 젊을 때는 잠시 옷가게를 열기도 했다. 훗날 노벨문학상을 수상한 싱어 송 라이터 밥 딜런Bob Dylan과 사귀기도 했던, 반전평화운동의 상징으로 불리는 가수 존 바에즈Joan Baez도 할머니의 옷가게에 몇 번 들른 손님이었다. 할머니는 〈솔밭 사이로 강물은 흐르고The River In The Pines〉나 〈도나, 도나Donna, Donna〉와 같은 그녀의 노래를 좋아했다.

 할머니의 옷가게에는 아이의 손을 잡고 오는 여성들이 많았다. 아이의 옷을 고르는 그들을 보면서 다섯 살 때 헤어진 아들의 나이를 가늠하고는 했다. 그 작고 어린 것의 시간을 보듬어 주지 못해서 서러웠다.

 한국의 지인들과는 아예 연락을 끊고 숨을 죽이고 살았다.

77

할머니가 부드럽고 순종적인 여자여서
소용돌이치는 현실을 받아들인 것 같지는 않다.
말할 수 없는 것과 말하기 싫은 것은 다르다.
말할 수 없는 것은 자신의 내부를 다스리는 일이고
말하기 싫은 것은 상대와 거리를 두고 장막을 치겠다는 것.
할머니는 말할 수 없음을 활용해
새로운 세계로 건너가려고 했을 것이다.
말할 수 없는 것들 때문에
이 세계에는 이야기가 태어난다.

무모하고 무심하고 무책임했다는 할아버지도

말할 수 없는 게 있었을 거라고 생각한다.
세속적인 비밀하고는 다른 그 무언가가.

78

입이 있어도 말을 할 수 없고
말해서는 안 되는 시간이 한국을 지나가고 있을 때,
겁박과 공포가 끊이지 않고 이어지고,
끔찍한 사건과 죽음이 일상이 되어
어깨를 바위처럼 짓누르던 그 시절,
할머니는 머나먼 미국 땅에서
편하게 커피 한 잔을 마실 수 있었을까요.
그 고독한 시간의 무게를 어떻게 견뎌내셨을까요.
가끔 찾아와 커피를 함께 마시자고
조용히 말을 건네던 남자는 없었을까요.
그 중 한 명, 옷을 말끔히 차려입은

백인 남자에게 마음이 기울어
들뜬 마음으로 지낸 적은 없었을까요.
할머니,
당신은 너무 많이 아프고, 너무 많이 비어 있어
결국 아무 말도 하지 못하셨지요?

79

 할머니가 젊었을 때 판탈롱 나팔바지를 입고 찍은 사진을 아버지에게 건네준 사람은 그 남자였다. 지팡이로 겨우 몸을 가누던 노신사는 말끔한 정장 차림으로 아버지를 만났다고 했다.
 귀국하라고 몇 번이나 권했지만 할머니는 말을 듣지 않았다고 한다. 한국이 민주주의를 회복하고 폭압적인 권력의 감시와 통제가 사라졌다고 해도 믿지 않았다는 것이다. 할머니는 권유를 번번이 거절했고, 그 남자는 결국 포기했다. 그 누구의 간섭도 받지 않고 살고 싶은 게 평생 할머니의 꿈이었다.

80

나는 사진 속에서 할머니를 꺼냈다.

할머니의 몸은 감정을 새기고 저장하느라
주름살이 깊게 패여 있었다.
나는 주름을 조심스레 어루만지며
하나하나 손끝으로 지워냈다.
삶의 통증이 스며있던 흔적이 사라지자
할머니는 잘 마른 꽃잎처럼 바스락거렸다.

81

지워졌지만 사라진 것은 아니었다.
할머니는 우리 가족사에서 지워졌지만
할머니의 시간이 사라진 건 아니었다.

조방아는 혼자 충분히 멀리 갔고
혼자 죽도록 아팠으니까.

조방아의 이야기는 끝난 게 아니었다.

82

미국의 작고 조용한 마을에서
할머니는 고요하고 자유롭게 늙어갔다.
자카란다라는 꽃나무 한 그루를 정원에 심어 놓고.
잎이 나기 전에 보라색 꽃을 물결처럼 피워 올리는
자카란다 나무 아래서 할머니는
꽃이 낙화하기를 기다렸다.
자카란다 나무가 몸을 흔들어
눈부신 보라색 옷감을 펼쳐 놓으면
할머니는 그 보라색 빛의 옹알거림을 귀에 담았다.
혼자 부지런히 쉬지 않고 길을 걷다가
옷장 속에서 오래 삭아가는 스웨터처럼.

83

 마흔여덟에 떠났다가 여든여덟이 되어서야 고국으로 돌아온 할머니는 치매에 걸려 있었다. 할머니는 자신의 이름을 까맣게 잊어먹고 있었다. 그는 조방아도 미나야스 요시에도 마산댁도 조세핀 조도 아니었다. 하나뿐인 아들을 마지막으로 만났을 때 그는 단호하게 말했다.
 "나는 평생 남편도 아들도 가져본 적이 없어."

84

할머니는 정신이 번쩍 돌아오면 이런 말도 했다고 한다.
"살아보니까 행복이 별난 게 아니더라. 바쁘고 화려하게 살 때는 외로워할 틈이 없었어. 나는 아무도 나를 찾아오지 않을 때가 참 좋았어. 적당히 외로울 때 제일 행복했던 것 같아."

85

조방아는 살아서 문장의 주어가 된 적이 없다.
평생을 조용히, 그러나 깊이 있는 서술어로 살다 갔다.
세상의 모든 주어는 자기가 문장을 이끌어간다고 믿고
서술어를 지배하고 길들이고 다듬으려고 한다.
조방아는 서술어의 마음으로 옷을 만들었다.
주어를 더욱 빛나게 하는 서술어였다.
조방아는 서술어가 되어
주어의 본질을 바꾸고자 했다.

86

 아버지는 할머니의 사진을 내가 간직했으면 좋겠다고
말했다.

 판탈롱 나팔바지를 입은 조방아를 받아 들고
나는 사진 뒷면에 이렇게 적었다.

 그 누구를 사랑한 적이 한 번도 없었지만
수많은 사람을 사랑하고 간 나의 할머니.
외로워서 더욱 빛이 났던.

작가의 말

밀양 부북면 모렴당에서 하룻밤 유숙한 적이 있다. 광주 안씨 문중의 정갈한 재실이었다. 여기서 헌법학자 안경환 선생으로부터 당신의 부모님에 대해 들을 기회가 있었다. 젊은 시절 아나키스트로 살다 간 아버지 안병준과 이름난 패션디자이너로 활동했던 어머니 조경희의 삶의 궤적은 그지없이 먹먹했다. 자서전을 집필하고 계신 선생을 졸라 어머니 이야기를 따로 떼어내어 쓰고 싶다고 했더니 쾌히 승낙하셨다. 이 이야기는 실제 있었던 사실이 바탕이지만 허구와 상상을 대폭 섞어 구성했다.

특정한 장르의 형식을 염두에 두지 않고 쓴 책이다. 소설인 듯하면서도 소설이 아니고, 동화인 듯하면서도 동화가 아니고, 에세이인 듯하면서도 에세이가 아니고, 시인 듯하면서도 시가 아닌 형식. 그래서 행과 연, 단락과 문단을 만드는 기준을 의도적으로 무시했다. 그 어떤 형식의 경계 안에 내용을 가두지 않고 이미지와 이미지가 흘러가도록 내버려두었다. 나는 평소에 꽤 더듬거리면서 궁색하게 하나하나 문장을 쓰는 편이다. 이번에는 되도록 자유롭게 문장이 스스로 숨을 쉬도록 방치하고 싶었으나 뜻대로 되지는 않은 듯하다.

판탈롱 나팔바지를 입고 곁에 없는 자유를 찾던 사람들에게, 지금도 불확실한 미래의 주인이 되고 싶어 애쓰는 청춘들에게 이 책을 바친다.

2025년 여름

판탈롱 나팔바지 이야기

1판 1쇄 펴낸 날 2025년 7월 25일
1판 2쇄 펴낸 날 2025년 8월 11일

지은이 안도현
펴낸이 김완준

펴낸곳 모악

출판등록 2016년 1월 21일 제2016-000004호
이메일 moakbooks@daum.net

ISBN 979-11-88071-77-7 03810

· 몰개는 모악의 임프린트입니다.
· 이 책의 내용을 재사용하려면 지은이와 모악의 서면 동의를 받아야 합니다.

값 14,000원